SIRTIMDAKİ AĞIR YÜK

yazan ve resimleyen
Gulnar Hajo

erdem çocuk

SIRTIMDAKİ AĞIR YÜK
ISBN: 978-605-349-175-0

Yayın-Yönetim
Melike GÜNYÜZ

Yazan ve Resimleyen
Gulnar HAJO

Çeviren
Elif KONAR

Editör
Zeynep Gülsüm SAĞLAM

Grafik Uygulama
Ayşe ADAŞ

İstanbul, 2016

Baskı
Doğa Basım İleri Matbaacılık San. ve Tic. Ltd. Şti.
İ.O.S.B. Turgut Özal Cad. Çelik Yenal End. Merkezi
No: 117/2A-2B Başakşehir/İstanbul T: 0212 407 0 900
Matbaa Sertifika Numarası: 25642

erdem çocuk

Sedir Yayınları A.Ş.
İkitelli OSB, Mutsan San. Sit. 9. Blok, No: 44-46 Başakşehir 34490 İstanbul
T: 0212 486 34 00 F: 0212 486 34 01
bilgi@erdemyayinlari.com www.erdemyayinlari.com
Yayıncı Sertifika Numarası: 26483

SIRTIMDAKİ AĞIR YÜK

yazan ve resimleyen
Gulnar Hajo

erdem
çocuk

Ben uçan çocuk Tarık. Tüy gibi hafifim ancak kısa bir süre önce bir fil kadar ağırdım.

Vaktimin çoğunu oyuncaklarla dolu güzel odamda tek başıma geçiriyordum. Kimsenin oyuncaklarıma dokunmasına izin vermiyordum. Çünkü onlar yalnızca benimdi.

Bloklardan büyük bir kale yaptım. Hiç kimsenin bir benzerini yapamayacağını düşündüm.

Sırtımda ağır bir yük hissettim. Beni yoran bir şey...

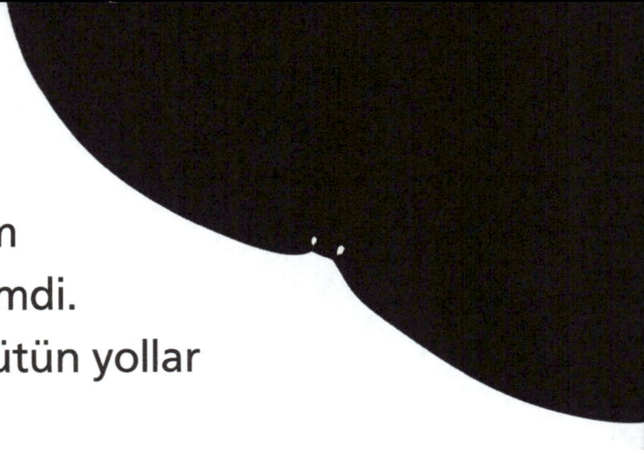

Bisikletime atladım ve parka gittim. Bisikletim hiç kimsenin sahip olamayacağı kadar muhteşemdi. Arkadaşlarım arasında en hızlı bendim. Sanki bütün yollar benimdi.

Sırtımda ağır bir yük hissettim. Beni yoran bir şey...

Ertesi gün resim dersinde mükemmel bir resim çizdim. Diğer bütün tablolardan güzeldi. Sınıftakilerin en iyisiydim.

Sırtımda ağır bir yük hissettim. Beni yoran bir şey...

Derken beden eğitimi dersinde futbol oynamaya başladım.

Her zaman forvettim. Tabii ki eşi görülmemiş goller atıyordum. Dünyanın en iyi golcüsüydüm.

Sırtımda ağır bir yük hissettim. Beni yoran bir şey...

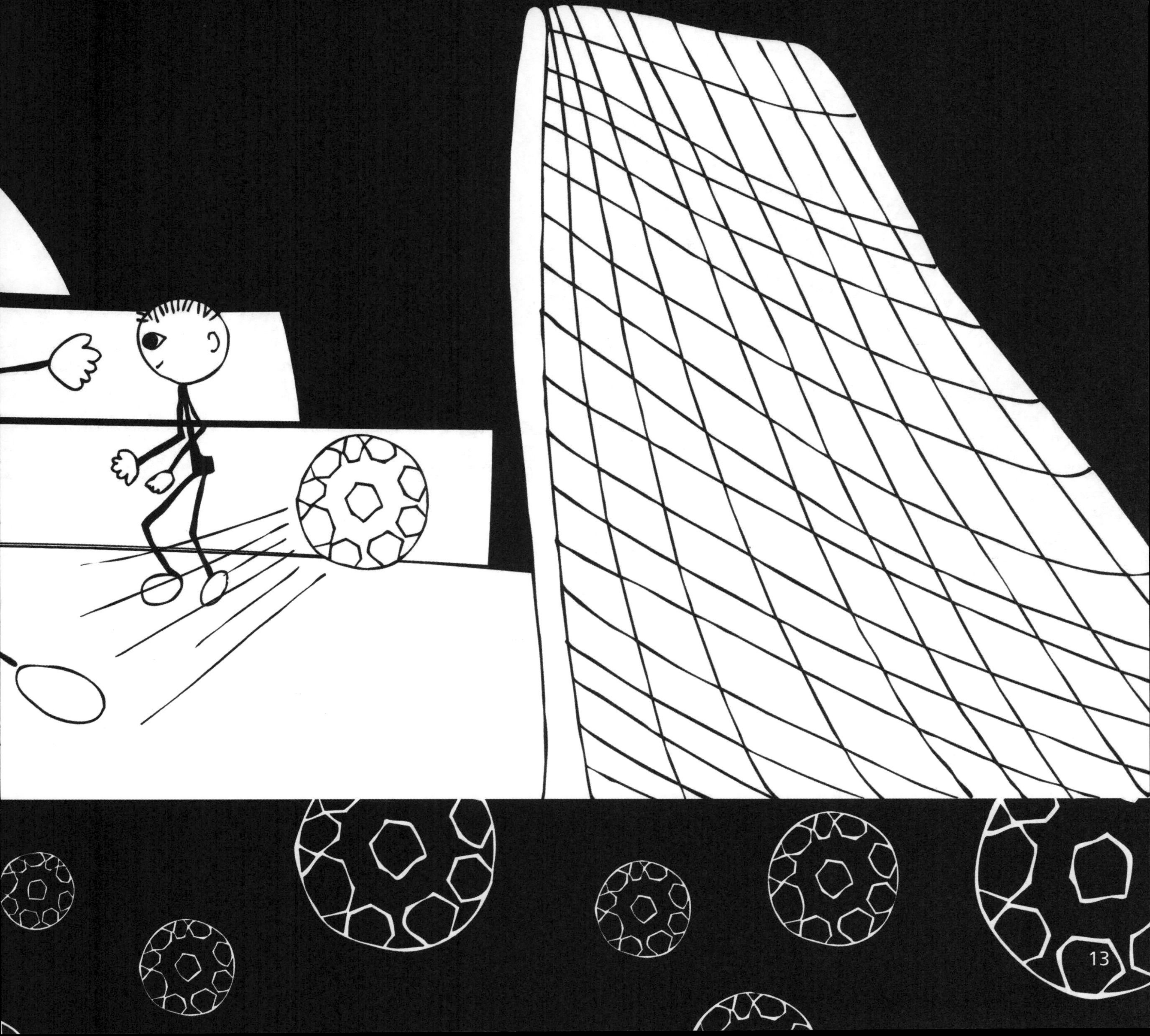

Apartmanımızın bahçesinde dev gibi bir ağaç vardı. Tepesine kadar tırmanabiliyordum.

Bütün komşu çocuklarını yukarıdan gördüm. Küçücük görünüyorlardı.
Benden başka kimsenin bu ağaca tırmanabileceğini sanmıyordum.
Sırtımda ağır bir yük hissettim. Beni yoran bir şey...

Sebebini bilmediğim bu ağırlık her geçen gün artıyordu. Yemek yemekten çekinmeye başladım. Yediklerime dikkat ettim. Duş aldım ve rahatlatıcı egzersizler yaptım. Fakat hiçbir şey değişmedi. Rahatlayamadım.

Taşıdığım ağırlık beni yoruyordu.

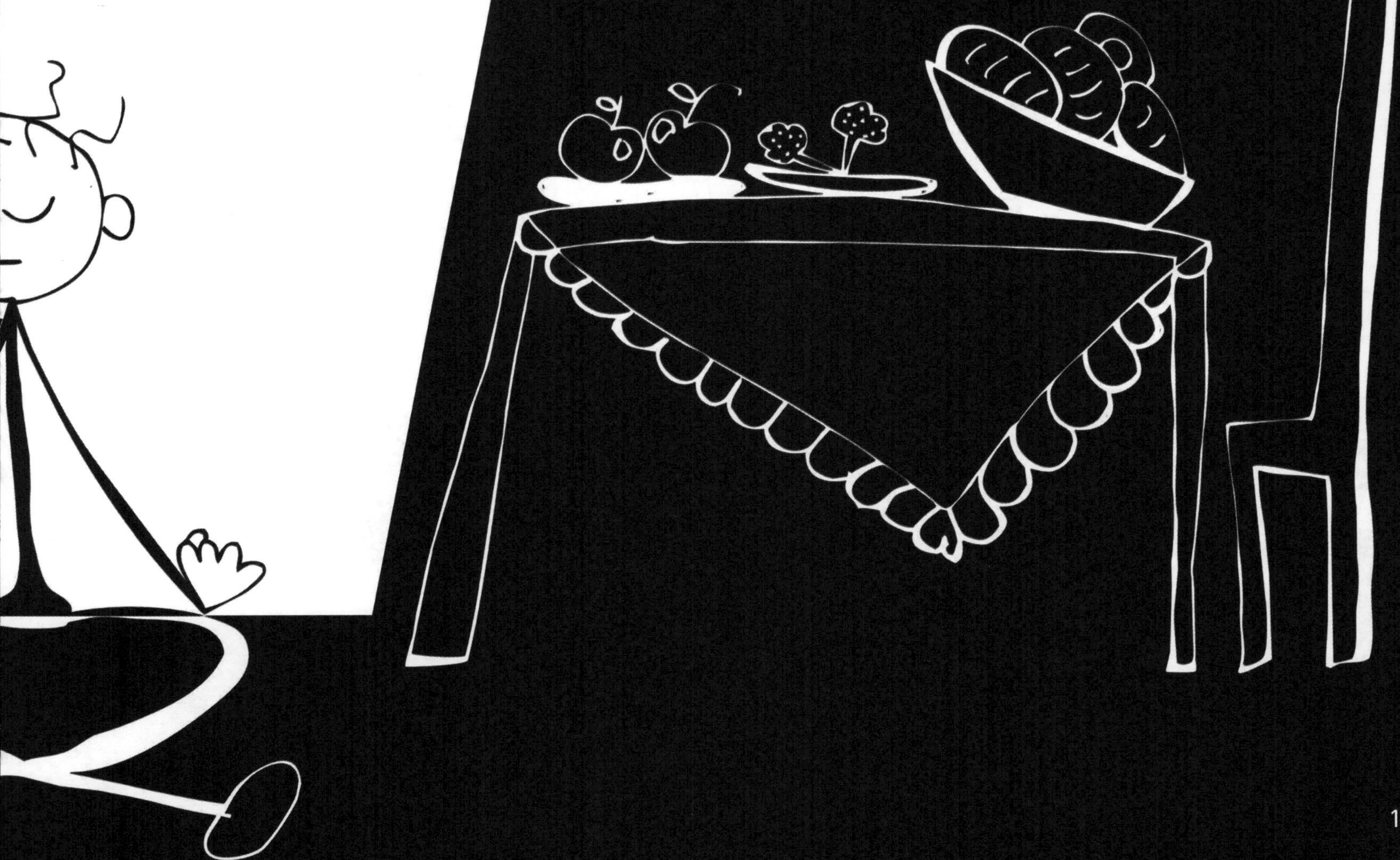

İki gün sonra göl kıyısındaki ormanda sınıf pikniğimiz vardı. Hep birlikte ormana gitmek için servise bindik. Heyecanlıydım. Uzun süredir bu yolculuğu bekliyordum. Servisin en ön koltuğuna oturdum. Yolu seyretmek istiyordum.

Arkama yaslanamadım. Ağır bir yük bunu yapmama engel oldu.

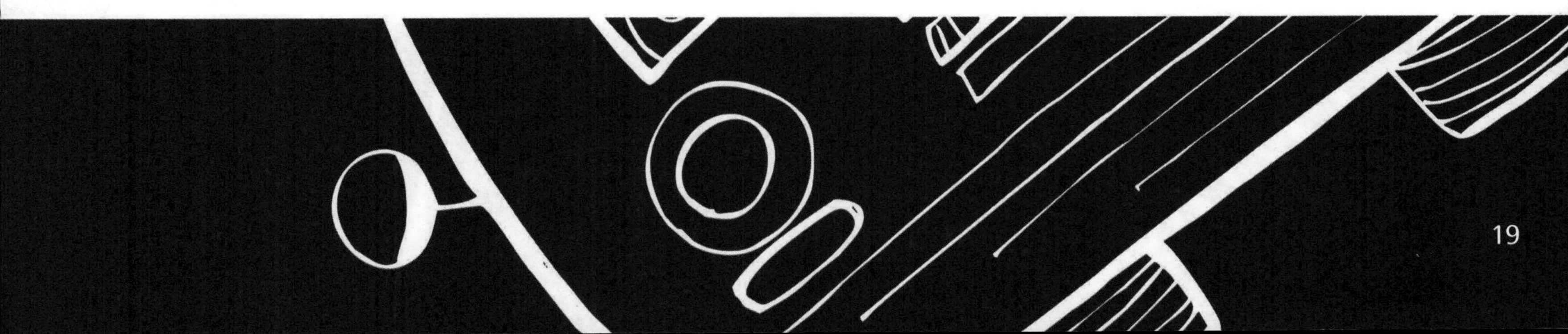

Az sonra arkada oturan arkadaşlarım şarkı söylemeye başladılar. Söyledikleri her şarkıyı biliyordum.

Hep bir ağızdan bana seslendiler: Haydi Tarık, gel beraber şarkı söyleyelim.

Davetlerine karşı koyamadım. Toplaşıp şarkı söyledik.

Hem de birbirinden güzel birçok şarkı söyledik. "Kırmızı Balık Gölde", "Minik Kuş" şarkısı ve diğerleri... Zaman su gibi geçti. Sesimiz coşkuyla yankılanıyordu. Çok da gülmüştük.

Ağır yüküm hafifleyivermişti. Beni rahatlatmaya başlayan bir şey olmuştu.

Ormana vardık. Ağaçlar göğe değecek kadar uzundular. Çeşit çeşit yaprak ve taş topladık. Hep birlikte harika bir tablo yaptık. Ben ve arkadaşlarım birlikte neşeli ve mutluyduk. Çok güldük.

Ağır yüküm hafiflemişti. Beni rahatlatmaya başlayan bir şey olmuştu.

Ertesi gün maç başladı. Maçın en hararetli dakikalarıydı.

Karşı takım da en az bizimki kadar güçlüydü. Bir gol atmaya çalıştım. Olamaz! Vakit geçiyordu. Hiç gol atamadan maç bitecekti.

Tam o sırada kalenin önünde Ahmet'i gördüm. Topu ona attım. Ahmet zafer golünü attı. Havaya sıçradım. Neredeyse Güneş'e değecektim.

Ben ve arkadaşlarım sevinçliydik. Çok güldük.

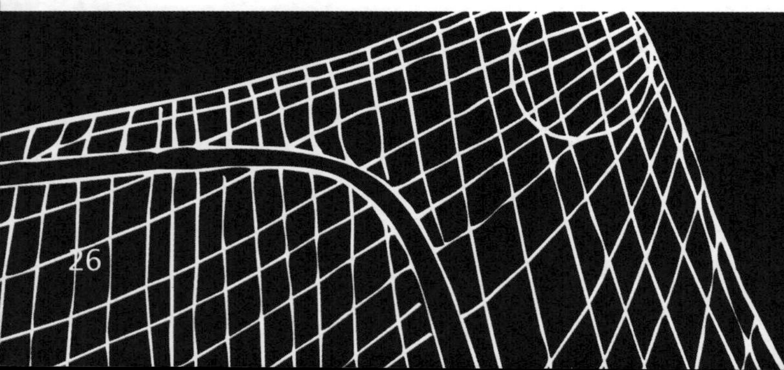

Ağır yüküm hafiflemişti. Daha da rahatlamıştım.

İki gün sonra apartmanın bahçesine indim. Koşup duruyordum. Ağır yüküm hafiflediği için artık eskisi gibi yorgunluk hissetmiyordum.

Komşu çocukların hepsi saklambaç oynuyordu.

"Oyununuza ben de katılabilir miyim?" diye sordum onlara. Hep bir ağızdan, "Olur!" dediler.

Nereye saklandığımı tahmin ediyor musunuz?

Her zaman tırmandığım ağacın tepesine. Arkadaşlarımın beni boşu boşuna aradığını düşündüm. Tam o sırada komşumuzun kızı Belma beni gördü.

Belma kahkaha atmaya başladı.

Ben ve arkadaşlarım sevinçliydik. Çok güldük.

Ağır yüküm hafiflemişti. Çok daha rahattım.

Birkaç dakika sonra yağmur yağmaya başladı. Hemen eve dönmeliydik. Anneme, arkadaşlarımı bize davet edip edemeyeceğimi sordum. Annem izin vermişti. Daha çok ıslanmamak için hızla bizim eve koştuk. Arkadaşlarım odamı çok beğendiler. Oyuncaklarımla pek çok oyun oynadık. Bloklardan büyük bir ağaç yaptık.

Sonra Murat kırmızı renkli bloğu koydu. Zehra mavi renkli olanı. Ben yeşil bloğu ve Salim ise kahverengiyi. Herkesin farklı bir rengi vardı.

Sonuç harikaydı. Hiçbir gemiye benzemeyen bir gemi yapmıştık. Rengârenk bir gemi.

Ben ve arkadaşlarım sevinçliydik. Çok güldük.

İşte o an, artık sırtımdaki yükü hissetmediğimi fark ettim. Uçuyordum. Yükseklere uçtum. Bu sefer kesin Güneş'e dokunmuştum.